Le porteur de sachet

Natesa Sastri

© 2024 Culturea
Texte et illustration de couverture : © domaine public (open access licence CC0 1.0 universel)
Édition et mise en page : Culturea (Hérault, 34)
Retrouvez notre catalogue sur http://culturea.fr/
Contact : infos@culturea.fr
Imprimé en Allemagne par Books on Demand Gmbh
Design typographique et layout : Derek Murphy et Reedsy
ISBN : 9791041998302
Date de parution : Avril 2024
Ce livre :
— a été composé avec une police open source libre de droits dessinée sur Open Fondry
 https://open-foundry.com/
— est édité en libre access sous licence CC0 (Creative Commons Zero) afin de conserver l'oeuvre au plus près des caractéristiques du domaine public.
— offre la possibilité à son lecteur de partager, dupliquer ou distribuer son contenu, sans restriction ni réserve.
— permet de replanter un arbre. SHS Éditions soutient Plantons Pour l'Avenir, fonds de dotation pour le reboisement des forêts françaises
400 projets de reboisement de forêts soutenus depuis 2014 à travers la France
https:/www.plantonspourlavenir.fr/

•••

Si e*f*i lisvres que ne *f*e peuvent ignorer,
ji tant plus ne peuvent ne *f*e po*ff*e*f*der.

Préface

Voici un petit roman hindou dont le charme a été pour nous si profond, que nous avons voulu essayer de le faire partager aux autres. Par le caractère si curieux et si finement déduit de Krichna Singh, par la saveur orientale des impressions et des pensées, par la vivacité des péripéties, par ce je ne sais quoi de profondément humain que l'Hindou a porté dans toute sa littérature profane et sacrée, le Porteur de Sachet[1] séduit, captive, entraîne, étonne. Il nous semble bien difficile de ne pas aimer ces pages où le héros veut ne devoir qu'à son intelligence, à sa subtilité et à son énergie propres l'amour et l'exquise Chandramoukhi, la richesse et la puissance, où il rejette la Chance pour n'accepter que les bonheurs conquis par la Volonté.

J.-H. ROSNY.

---

1   Traduit selon la version de l'Indian Antiquary.

I

Dans la ville de Pouchpapoura, au sud de l'Inde, vivait jadis un pauvre messager nommé Tan Singh.

Son salaire ne dépassait pas sept roupies par mois, dont il dépensait cinq roupies pour son entretien. Il épargnait le reste. Après cinq ans, il compta son épargne : il se trouva qu'elle s'élevait tout juste à cent vingt roupies. En vain, comptant et recomptant son argent à plus de vingt reprises, Tan Singh espéra-t-il trouver davantage ; son petit pécule ne dépassait pas cent vingt roupies.

Il tomba dans une triste rêverie, se disant en lui-même :

« Hélas ! voilà qu'après cinq ans de travail, j'ai pu épargner péniblement cent vingt roupies ! Que puis-je faire de cette faible somme ? Est-ce assez pour acquérir une bonne demeure afin de m'abriter ? Non ! Puis-je me marier avec une telle dot ? Non ! Il me faudrait servir cinq ans de plus, au moins épargner autant encore pour m'acheter une misérable hutte ! Et pour une belle femme, cinq ou six cents roupies sont indispensables, l'épargne de plus de vingt ou de trente ans de servitude ! En ce temps je puis mourir. Bien mieux vaudra-t-il de chercher quelqu'autre route, de quitter la vie chétive que je mène ! On dit que Tavudu Setti commença, voilà dix ans passés, avec la misérable somme de dix roupies, un commerce en gousses. Et le voici un "Navakoti Narayana Setti", possesseur de vastes bazars et de navires. Or, j'ai douze fois la somme avec laquelle il débuta dans la vie. Pourquoi la fortune ne me favoriserait-elle pas à mon tour ? »

La tête emplie de ces pensées, Tan Singh quitta son emploi et, s'abandonnant à la fortune, ouvrit un humble bazar pour l'achat et la vente de gousses, semblablement à Tavudu Setti.

Durant l'année suivante, après un commerce vigilant, il réussit à doubler son capital, et propriétaire de deux cent cinquante roupies il changea son bazar à gousses contre un bazar de noix et de feuilles de bétel.

Après la seconde année son capital s'éleva à cinq cents roupies, et il échangea vite son bazar de feuilles de bétel contre un bazar de confiserie. Or, la confiserie, dans l'Hindoustan, promptement quintuple le capital si le commerçant évite de vendre à crédit.

Tan Singh fut très prudent, et avant que la troisième année ne fût écoulée, il avait accumulé plus de trois mille roupies. Il pensa alors que la Fortune l'avait pour favori, comme elle eut Tavudu Setti. Chaque année, il transforma son commerce en un commerce plus lucratif et plus honorable.

Toujours très prudent et très honnête, il n'oublia jamais la pauvreté de sa condition originelle.

Enfin, après dix ans de travaux heureux, il réalisa son ambition de devenir un « Navakoti Narayana Setti », car il fut un grand marchand de perles.

Perles et diamants de l'eau la plus pure furent les uniques articles de son négoce.

Comment comparer sa nouvelle condition avec celle où il croupissait dix ans auparavant ? Alors, il était un humble messager à sept roupies par mois. Maintenant, il commande lui-même à mille messagers, dont chacun reçoit un salaire de sept roupies par mois ! Et son revenu égale, surpasse celui d'un Rajah !

Tan Singh songea que ce serait un grand péché que de ne pas se réjouir en son existence. Aussi, il acheta un vaste palais à Pouchpapoura pour plus de soixante mille roupies et épousa une vierge, nommée Kamalabai, de la meilleure famille Singh de la cité.

Son négoce jamais ne faillit, et l'étoile de sa femme aussi le favorisa, car[2] il devint plus riche chaque jour de sa vie.

____

2   C'est une croyance répandue dans l'Hindoustan qu'après l'introduction d'une
    nouvelle femme dans une famille, s'il survient de bons ou de mauvais jours, on

Deux ans après son mariage il eut un fils, son premier-né, qui fut très beau en son apparence. Il le nomma Ram Singh, et l'éleva dans la tendresse.

Trois ans plus tard, un autre fils lui naquit, qu'il dénomma Lakchmana Singh. Et après deux ans encore vint un troisième fils, le plus beau des trois, qui fut appelé Krichna Singh.

Ainsi, après sept ans de la vie de mariage, il fut le père de trois des plus beaux fils de la cité, dont l'aîné avait cinq ans d'âge.

Or, étant un homme prudent autant que riche, il ne laissa pas une pierre en place pour donner l'éducation sage à ses fils. Mais, conformément au proverbe que « l'Aîné est toujours stupide »[3], Ram Singh fut désespérément faible d'intelligence.

Nul effort d'instruction n'agit sur sa lourde cervelle, encore que ses maîtres ne fussent point avares de coups de verges. Le maulari, le pandit, le upad hyayar, et d'autres, vinrent chacun à leur tour et n'épargnèrent point leur peine. Mais rien n'eut d'effet sur Ram Singh, qui grandit en élégance, s'habillant ainsi qu'un rajah, dévorant comme un glouton, préférant la société des gens désordonnés et prodigues.

Lakchmana Singh était autrement constitué. Point très intelligent, mais laborieux à l'extrême, avec le cerveau modéré que Paramesvara lui avait dispensé, il progressait dans ses études.

____

en est redevable à l'étoile de la nouvelle venue.
3   Un proverbe Tamil dit : « Mutta Muttanna », l'Aîné est stupide.

II

C'est dans le plus jeune des trois frères, que les éducateurs trouvèrent un véritable étudiant. Il déploya une merveilleuse intelligence, s'assimilant tout à la première indication, donnant des joies vives à ses maîtres autant qu'à ses parents. Ceux-ci l'adorèrent, et comme le plus jeune de leurs enfants, et comme donnant de hautes espérances.

Ainsi allèrent les trois fils de Tan Singh jusqu'au jour où Ram Singh atteignit sa dix-huitième année, tandis que Lakchmana Singh avait quinze ans et Krichna Singh treize.

À cette époque, un événement extrêmement pénible advint à la famille.

Tan Singh, un matin, après vingt ans de vie conjugale heureuse, médita sur sa misère passée et sur son bonheur présent, et appelant Kamalabai, sa femme, lui dit de donner trois cents roupies à chacun de ses fils, afin qu'ils les dépensassent à se réjouir. Kamalabai, selon ce vœu, donna à Ram Singh sa part aussitôt qu'il revint de sa promenade matinale, lui disant que c'était un présent de son père.

Il prit le don allègrement, sans même s'informer du motif pour lequel on le lui faisait, prit son déjeuner de riz froid, puis s'en alla dans la maison d'une bayadère et lui présenta les trois cents roupies.

Peu après que Ram Singh eût quitté la demeure, Lakchmana Singh revint de chez ses maîtres pour prendre son déjeuner de riz froid. Comme il était assis devant sa feuille, sa mère lui remit le présent. Lui s'enquit du motif et il lui fut répondu que c'était pour une réjouissance. Lakchmana Singh reçut l'argent avec joie, et le dépensa en livres et en vêtements.

Krichna Singh arrivait toujours tard à ses repas.

Lorsqu'il revint à la maison, longtemps après les autres, sa mère lui remit sa part, tandis qu'il mangeait son riz froid, l'informant aussi que c'était pour une réjouissance. Krichna Singh rit à l'idée de dépenser trois cents roupies à une réjouissance, et réprimanda sa mère pour lui avoir apporté cet argent, encore que son père l'eût destiné pour lui. Il trouva très inconsidéré de la part de Tan Singh de songer à donner trois cents roupies pour une dépense inutile. À ce taux, il dépenserait neuf mille roupies en un mois et deviendrait un vagabond au bout d'une ou deux années.

Aussi demanda-t-il à sa mère de rendre l'argent à son père, de le prier de l'enfermer dans son coffre, afin de l'employer à quelque usage utile.

La mère rapporta l'argent, selon ces désirs, et le père, tout heureux de l'esprit de son plus jeune fils, désira doubler le présent. Le jeune garçon persista dans son refus, mais le père ne voulut pas céder et voulut contraindre Krichna Singh à prendre les six cents roupies. Celui-ci refusa obstinément :

« Qu'est-ce donc, s'écria Tan Singh, la cause qui te porte, toi toujours si obéissant, à être si opiniâtre aujourd'hui ?

— Ne cherche pas à deviner l'impossible ! » répliqua l'adolescent.

Tan Singh fut outré de colère. Aveuglé par l'orgueil de son opulence, il demanda :

« Quelque chose en ce monde est-il donc impossible à ton père ? »

Krichna Singh rit de la folie de Tan et répondit affirmativement.

« Prouve-moi donc l'existence de cette chose ? reprit le négociant.

— Eh bien ! te serait-il possible de marier ton fils à la princesse de Pouchpapoura ? »

Or, Krichna n'espérait nullement devenir le beau-fils du roi : il imaginait ceci simplement comme exemple d'une chose qu'il serait impossible à son père de réaliser.

Tan Singh n'eut pas plutôt entendu mentionner le nom de la princesse que l'idée le frappa que son fils était réellement amoureux d'elle, et cela à l'âge si tendre de treize ans !

Il ôta sur-le-champ ses pantoufles et en battit Krichna Singh rigoureusement.

L'enfant accepta la punition avec le plus grand calme, puis, arrachant les pantoufles des mains de son père, il s'enfuit avec la légèreté d'un milan.

Il rôda à travers la cité sans rencontrer aucun de ses amis, aucun de ses parents, jusqu'à ce que tombèrent les ténèbres. Alors, il put se glisser, sans être aperçu de personne, dans le temple de Kali.

Là, il choisit une niche convenable dans l'une des murailles d'enceinte, et y plaçant les pantoufles avec lesquelles son père l'avait battu, les couvrit d'une couche de mortier, puis les abandonna en sûreté.

Après cela, il ne désira pas demeurer plus longtemps à Pouchpapoura. Pour jeune et tendre qu'il fût, il ne craignit pas d'aller en quelque autre ville pour y essayer sa fortune dans une existence indépendante.

Ainsi, Krichna Singh quitta la cité cette même nuit, marcha vers le nord sans savoir où il allait aboutir, et, sans plans prémédités, se confia simplement à sa destinée. Il marcha jusqu'à ce que ses pieds le fissent souffrir, mangea ce qu'il put se procurer en racines et en fruits, dormit au hasard des campements, agissant en toutes choses comme un être qui ne donne aucune importance à sa vie.

C'est ainsi qu'il traversa les forêts, les montagnes, les déserts, les contrées sauvages et les eaux, jusqu'à ce qu'il arriva dans une grande cité, laquelle on lui apprit être Dharapoura, la capitale de l'empereur ou Seigneur au disque[4] auquel les cinquante-six souverains du monde rendaient hommage.

Or, l'empereur de Dharapoura n'avait pas de fils, mais une fille unique, qui était considérée comme la plus admirable princesse de l'univers.

Son nom était Chandramoukhi.

Elle n'avait pas dépassé l'âge de neuf ans, et poursuivait ses

---

4 Ekachuhradhipati. Seigneur à un disque ; titre que les empereurs tiraient de leur droit à porter un disque, privilège que n'avaient pas les petits rois.

études dans l'École des Princes de Dharapoura.

Ce Rajakumar, ou École Royale, était une institution spécialement organisée pour l'éducation des membres de la famille royale, et durant les heures de classe une troupe de gardes du corps attendait toujours extérieurement et accompagnait la princesse et ses compagnons d'études au long du chemin. Le fils du ministre Ramachandra, le fils du Chef des armées, et d'autres enfants de noble parentage étaient ses compagnons d'école.

Il advint que Krichna Singh eut à passer par la rue dans laquelle était situé le collège, et l'un des gardes royaux, qui était de la caste des Singh, le reconnut comme un jeune garçon de sa race. S'apitoyant sur la destinée perdue d'un si beau et tendre adolescent, il l'appela auprès de lui et lui demanda qui il était.

Krichna Singh, feignant d'être imbécile, répliqua qu'il ne se connaissait pas lui-même, qu'il était vagabond d'aussi loin qu'il pût se rappeler, et qu'il n'avait point de parents.

En ce moment, la princesse Chandramoukhi sortit du collège pour demander un verre d'eau. Saisie d'étonnement par la beauté et la majesté de Krichna Singh, encore qu'il fût défiguré et recru de fatigue par ses longues rôderies, elle lui demanda son nom et son parentage.

Il répondit à la première question, et quant à la seconde, il affirma ne savoir rien de son origine, excepté qu'il était un orphelin.

Elle lui demanda alors s'il aimerait de la servir. Sur sa réponse affirmative, elle lui donna sur l'heure l'emploi de Tukkuttukki, ou porteur de sachet, et lui dit que son devoir serait d'être continuellement à ses côtés et de porter son sachet derrière elle, tant lorsqu'elle irait à l'école que lorsqu'elle s'en retournerait au palais. Elle lui promit en retour de le nourrir et de l'élever aussi bien qu'elle-même. Que pouvait désirer de plus Krichna Singh ? Il sourit d'allégresse, et acceptant l'offre avec remerciements, suivit Chandramoukhi à sa classe, et de ce jour la servit sans intermittence.

La princesse obtint la ratification de son père pour l'emploi qu'elle avait donné à Krichna Singh ; fidèle à sa parole, elle l'éleva avec une entière tendresse. Il prit ses repas à côté d'elle, et, excepté qu'il portait le sachet, il n'y eut aucune différence extérieure entre eux.

L'opinion générale parmi le peuple fut que l'empereur permettait cette familiarité entre sa fille et Krichna Singh parce qu'il avait le projet de les marier l'un à l'autre lorsqu'ils seraient plus âgés. Mais comme tout le monde était aussi d'opinion que Krichna était un garçon très stupide, l'idée de ce mariage fut accueillie avec défaveur. Car il faut dire que Krichna Singh, depuis qu'il était au service de la princesse, continuait à simuler l'imbécillité, et lorsqu'un des compagnons d'école de Chandramoukhi lui avait demandé s'il savait lire et écrire, il répondit qu'il le savait – mais à peu près aussi bien qu'il savait voler dans les airs. Il ne s'en tint pas là. En maintes occasions, il se conduisit si sottement que tous ceux qui le connaissaient le crurent le garçon le plus simple qui vécut jamais en ce monde.

La princesse partageait cette croyance, mais ne fut pas moins bonne envers lui pour cela.

Elle demeura avec lui dans les termes de la plus étroite intimité ; si bien que le public chuchotait de plus en plus qu'elle avait l'intention d'épouser le jeune Singh.

Or, si Krichna Singh avait montré qu'il était aussi intelligent qu'elle – ou davantage – il en eût été bien autrement : beaucoup eussent accepté l'idée du mariage, tandis qu'à présent, l'empereur seul y tenait : car il était convaincu que Krichna Singh était le meilleur choix que sa fille pût faire. Certes, il était très stupide ! Mais qu'importe, puisque sa fille serait assez intelligente pour tout gouverner en sa maison et en son royaume. N'était-il pas indispensable, que son égal en beauté devînt son époux, et puisque Krichna Singh réalisait cette condition, pourquoi ne pas l'accepter ? Ainsi songeait l'empereur, et sous la domination de cette idée il n'aimait pas troubler l'intimité grandissante entre le jeune Singh et sa fille Chandramoukhi.

III

La princesse fut en état de se marier dans sa seizième année, – sept ans après que Krichna Singh entra à son service. Ramachandra, le fils du ministre, depuis longtemps avait le projet de l'épouser ; une ou deux fois il avait osé le lui dire.

Elle ne parut pas accueillir désagréablement le projet, et continua d'aller à l'École Royale même après qu'elle fut devenue grande.

Un jour, avant l'heure où se ferme le collège, Ramachandra prit une feuille de ghatika de son maître et attendit une occasion de parler à la princesse. Peu après, elle partit vers le palais, son Tukkuttukki Krichna Singh marchant devant elle, selon l'usage, avec le sachet, et ses gardes la suivant.

Ramachandra s'assit auprès d'un char et demanda à la princesse de venir vers lui, car il avait un secret à lui dire. Il intima aux gardes l'ordre de se tenir à l'écart, afin de ne pas entendre ce qu'il voulait dire à leur maîtresse, puis il pria le Tukkuttukki de marcher quelques pas de l'avant.

Or, le Tukkuttukki, prétendant de s'éloigner au plus vite, réussit à atteindre sans être vu l'autre côté du char. De là il entendit tout ce qu'ils se disaient entre eux : Ramachandra demanda à la princesse si elle voulait adhérer à sa promesse de l'épouser. La princesse lui répondit qu'elle en serait très fière, tant pour la noblesse de son parentage que pour l'élévation de sa culture intellectuelle ; mais elle lui dit aussi que son père pourrait ne pas aimer leur union, parce que lui, Ramachandra, n'était pas remarquable d'apparence, et que c'était l'intention déclarée de l'empereur de ne la donner qu'à l'homme qui l'égalerait en beauté.

Elle ajouta que, comme elle aimait beaucoup l'idée de ce mariage, il serait préférable de s'enfuir vers quelque place où ils pussent s'épouser.

Ils fixèrent alors un jour pour la fuite, – le huitième jour après celui-ci, – et se séparèrent.

Aussitôt que la date de la fuite fut fixée entre eux, Krichna Singh se glissa inaperçu le long du char et se tint à quelque distance. Comme les gardes étaient trop loin pour avoir rien perçu de la conversation, Ramachandra et Chandramoukhi crurent bien que nul n'avait pu surprendre leur secret, et s'en allèrent chacun chez soi avec l'esprit tranquille.

La nuit passa comme de coutume, mais le lendemain matin, tandis que l'empereur tenait sa cour, tout soudain le Tukkuttukki vint et dit qu'il désirait lui parler secrètement de quelque affaire. Comme l'empereur aimait Krichna Singh mieux que sa propre vie, il accéda sans délai à sa requête, et demanda à chacun de quitter la salle pour quelques minutes.

Attirant une chaise vers lui, l'empereur dit au Tukkuttukki de la prendre et de lui dire sa nouvelle. Krichna Singh alors lui demanda :

« Savez-vous comment les rois doivent élever leurs filles ? »

L'empereur demeura absolument confondu de ceci. Il avait toujours cru le Tukkuttukki le plus stupide des hommes sur la terre, et voilà qu'il lui posait une question de la plus haute difficulté !

Le Tukkuttukki lui dit ensuite que d'aussi hautes autorités que Manu, Vyasa[5] et d'autres avaient écrit que le roi enverrait sa fille à l'école jusqu'à sa septième année ; qu'après cela il était toujours préférable de l'avoir instruite par des professeurs privés, jusqu'à ce qu'elle fût adulte ; et qu'après cela elle recevrait l'éducation d'après le système parda, selon lequel le maître est assis d'un côté d'un paravent et la jeune fille de l'autre côté, aucun des deux ne pouvant apercevoir l'autre.

Il dit finalement à l'empereur qu'il avait omis l'observance de chacune de ces excellentes règles, et que, comme résultat, sa fille

---

5   Vieux législateurs hindous.

avait cessé d'être sa fille ! Puis, il conta ce qui était advenu le soir précédent.

L'empereur fut excessivement heureux des preuves d'intelligence et de la fidélité montrées par le jeune homme, en lui apportant ces nouvelles avant qu'il fut trop tard. Il demanda à Krichna Singh de garder un secret absolu sur l'événement, afin qu'il pût prendre les mesures nécessaires pour prévenir l'enlèvement projeté entre sa fille et Ramachandra.

Il donna immédiatement l'ordre à tous les artisans de Dharapoura de se rendre au palais dans les deux heures. Ces ordres furent fidèlement exécutés, et, quand les ouvriers furent assemblés, l'empereur leur demanda s'il leur était possible d'édifier un grand palais, haut de sept étages, en deux jours. Ils répondirent qu'avec la faveur miséricordieuse de l'empereur, ils pouvaient faire cela en un seul jour.

Le souverain prit les arrangements nécessaires, priant le ministre et les autres fonctionnaires de suspendre tous les autres travaux afin de surveiller la bâtisse du palais, et de faire chercher tout ce qui y était nécessaire.

L'empereur alla voir sa fille, se tint auprès d'elle, la surveillant ainsi qu'une voleuse. Personne ne pouvait deviner quelle était la destination du palais, et personne n'avait la hardiesse de le demander. Mais il progressa rapidement. On eût dit que la nature même obéissait aux ordres de l'empereur ; un immense palais, haut de sept étages, fut achevé avant la huitième ghatika du soir même.

Le Ministre et d'autres officiers, députés pour surveiller le travail, envoyèrent avis à l'empereur que l'édifice était terminé et, avec sa permission, s'en retournèrent pour dîner.

Telle fut la hâte avec laquelle l'œuvre fut menée à sa fin.

Ensuite, l'empereur appela tous les eunuques et leur ordonna d'aller garder les trois étages supérieurs du palais et de défendre à quiconque de passer ou repasser, excepté une ou deux personnes qu'il allait mentionner. Quant aux quatre étages inférieurs il envoya, pour leur garde, chercher des soldats pensionnés, à qui on donna les mêmes ordres qu'aux eunuques. Après avoir ainsi mis garnison dans le palais, il dit qu'il le destinait à sa fille, afin qu'elle y vécût jusqu'à l'époque de son mariage, et qu'avec elle y vivraient vingt suivantes féminines pour la servir comme domestiques et comme compagnes, à la tête desquelles devait être une femme nommée Sellam.

Seuls, Sellam et le Tukkuttukki devaient prendre des provisions, et autres nécessités au palais à sept étages ; excepté Sellam et le Tukkuttukki, et, naturellement, ses parents, personne n'était autorisé à voir la princesse. Tout homme ou femme, qui que ce pût être, qui tenterait d'entrer dans le palais, même par ignorance des interdictions, sa tête devrait être tranchée sur-le-champ.

Ainsi, le soir même qui suivit celui où elle avait préparé sa fuite avec Ramachandra, la princesse était captive.

Jamais elle n'avait rêvé rien de semblable. Quoi ! nulle créature, sauf le Tukkuttukki et Sellam, ne franchirait le seuil du palais à sept étages ? Quelle était donc la cause de ceci ?

Quelque espion avait-il porté à l'empereur la nouvelle de son prochain départ, après avoir surpris le secret de son entretien avec Ramachandra ? Non ! Ce n'était pas possible : elle avait trop soigneusement observé les alentours !

Une idée la frappa soudain : le Tukkuttukki ! Peut-être avait-il surpris quelque bribe de l'entretien derrière le char, et l'avait-il trahie.

Mais comment admettre ceci de la part d'une aussi sotte créature ?

Toutefois, dans son anxiété, ce soupçon la hantait. Elle résolut de sonder son compagnon par la ruse.

Or, c'était vers la quinzième ghatika de la nuit. La princesse était assise, l'esprit plein de trouble et de détresse, et ne pouvant songer à rien d'autre qu'à la cruelle et soudaine frustration de ses projets.

Krichna Singh était devant elle, et voulant le sonder, elle commença par ces paroles :

« Le Tukkuttukki veut-il m'apporter le livre qui est sur cette armoire, l'ouvrir à la onzième page et lire ? »

Krichna Singh la regarda avec colère pendant deux minutes, puis, se levant, prit le livre sur l'armoire, mais au lieu de le lire il le déchira avec force, et tenant les morceaux entre son pouce et son index, les flaira, et se mit à verser des larmes et à sangloter.

Ce fut avec grand-peine que la princesse parvint à le calmer.

« Qu'avez-vous, lui dit-elle, quelle cause vous a fait ainsi maltraiter ce pauvre livre ? »

Il s'écria :

« Princesse ! C'est vous qui me recueillîtes orphelin, c'est vous qui me protégeâtes bien tendrement durant sept années ! Vous, si riche et puissante, qu'est-ce qu'il vous en aurait coûté de prier l'un de vos maîtres de consacrer une ou deux ghatikas par jour à mon instruction ? Vous ne l'avez pas fait. Vous-même si instruite, ne suis-je pas éternellement à vos côtés ? Vous auriez pu m'enseigner pendant une ou deux ghatikas chaque jour. Cela encore vous ne l'avez pas fait ! Me voici âgé de plus de vingt ans et je ne sais comment dire Harihôm ![6]

Connaissant vous-même tant de choses, vous voulez me couvrir de honte en la présence de vos esclaves. Car sinon quelle raison pouvez-vous avoir en me demandant, à moi qui ignore tout – comme vous le savez trop bien ! – d'ouvrir ce misérable livre à la onzième page ? J'ai tout simplifié en déchirant le livre. Le voilà gisant par terre ! Toute mon ignorance est votre faute ! »

Ainsi parla le Tukkuttukki, et la princesse crut à ses paroles, et, le tenant pour un sot irrémédiable, pensa qu'elle avait été insensée en concevant des soupçons contre cet homme simple. Elle loua tous ses dieux familiers pour lui avoir donné les services de Krichna Singh, maintenant surtout que l'empereur lui avait accordé le privilège d'entrer et de sortir de la prison-palais ! Elle songea à tirer le meilleur parti de ce privilège. En un mot, elle se détermina à l'employer comme un messager d'amour entre elle et son amant. Aussitôt que cette idée naquit dans sa tête, elle prit une feuille de papier et écrivit à Ramachandra comment elle avait été emprisonnée, l'impossibilité d'expliquer la cause de cette mésaventure, sa passion invariable pour lui, et sa résolution d'accomplir tout acte que lui – Ramachandra – lui recommanderait. Finalement, elle suppliait le

____

6 Harihôm. Salutation à Hari, répétée par les enfants hindous avant de commencer l'alphabet ou d'étudier n'importe quelle langue hindoue.

fils du ministre de la délivrer de sa captivité, de l'emporter où que ce fût, et de l'épouser.

Après avoir écrit cette lettre, elle la signa très tendrement, – déjà se disant sa femme, – la cacheta soigneusement et la donna au Tukkuttukki :

« Tu porteras cette lettre, à la dérobée, à Ramachandra, mon compagnon d'école, le fils du ministre. Tu prendras les plus grandes précautions, tu ne la laisseras pas tomber par négligence, tu ne la montreras à personne et même tu éviteras les soupçons de tout le monde en la tenant cachée. »

Le Tukkuttukki lui demanda de lui confier, à lui seul, le contenu de cette lettre dont elle était si inquiète. Elle rit de sa sottise :

« Elle contient des questions ! »

Krichna Singh feignit d'être hautement satisfait de sa réponse, et promit de porter la missive de bonne heure, le lendemain matin, à Ramachandra – car ce soir il était trop tard.

Quant au pauvre Ramachandra, aussitôt que son père lui eut conté l'affaire du palais, il pensa que d'une ou d'autre manière, sa conversation avec la princesse Chandramoukhi avait dû être connue de l'empereur. Il abandonna toute espérance, et trembla pour sa vie : l'empereur n'ordonnerait-il pas de trancher sa tête le lendemain matin ?

Il n'osa rien dire à son père, et attendit avec abattement la conclusion des événements.

Le matin vint. La princesse et le Tukkuttukki se levèrent et prirent leur déjeuner en grande hâte. Puis, Chandramoukhi ordonna à Krichna Singh d'aller trouver Ramachandra sans perdre un instant. Le Tukkuttukki enferma la lettre dans une demi-douzaine de mouchoirs, prenant grand soin de nouer chacun en présence de la princesse.

Elle rit de cette innocence, lui disant que sûrement la lettre était bien protégée ! Il prit alors le petit paquet sous son bras et partit en courant.

Cependant, Krichna Singh n'avait aucune idée d'aller avec la lettre chez l'empereur, car il savait depuis longtemps que l'Ekachakradhipati avait le désir de lui donner sa fille en mariage, et en dépit de l'opinion défavorable qu'avaient de lui le peuple et la princesse même, il ne désespérait pas d'obtenir sa main.

Lorsqu'un péril avait menacé ses plans sous la forme d'un enlèvement, il crut que s'il ne dénonçait pas la chose à l'empereur et n'obtenait que la princesse fût emprisonnée en lieu sûr, il pouvait la perdre à jamais. Alors, il n'avait pas hésité à tout dévoiler. Et sûrement, la princesse était bien gardée maintenant ! Nul Ramachandra ne viendrait la lui enlever !

C'est lui, Krichna Singh, qui allait jouer le rôle de Ramachandra, sans que personne le sût, prouver quelle manière d'homme il était, et ainsi retourner l'opinion généralement admise par les autres à son propos.

Il songeait aussi qu'une telle conduite lui conquerrait mieux le cœur de la princesse et les éloges de l'empereur. C'est afin d'atteindre ce but qu'il avait travaillé depuis de longues années, et il se détermina, s'il était possible, de partir avec Chandramoukhi, au huitième jour proposé, lui-même reprenant la succession de Ramachandra. Il savait, d'ailleurs, que nulle régulière action n'était possible en un temps aussi bref.

Ainsi rêvant, il continuait sa route. Se dirigeant vers un bazar, il y acheta du papier, une plume et de l'encre. Muni de ces objets, il pénétra dans la jungle la plus prochaine à l'abri de tous les regards.

Là, il ouvrit la lettre, en lut le contenu et immédiatement commença d'y répondre, au nom de son rival Ramachandra. – Or, ayant été toujours dans la même classe que le fils du ministre, le Tukkuttukki avait appris à très bien imiter son écriture.

La réponse fut ainsi :

« Ma chère femme,

« Toutes les grâces pour votre tendre lettre. J'avais tout appris de votre captivité par mon père, même avant que vînt votre lettre, et je soupçonnais quelque chose de secret. Quelque mauvais esprit a sûrement conté à votre père nos arrangements, – mais je ne suis pas homme à reculer devant l'infortune. Obtenez de votre père qu'il vous place dans la quatorzième chambre, de laquelle je vous délivrerai dans six jours. Seulement, il faut me donner toute assistance dont je pourrais avoir besoin, par l'intermédiaire de cet imbécile. Si sot soit-il, pourtant nous devons nous tenir heureux de son aide en ce moment ! Envoyez-le-moi avec un lakh[7] de roupies, afin de pourvoir au voyage. La lettre suivante vous donnera toutes les indications nécessaires.

« Votre époux futur,
« RAMACHANDRA. »

Avec pleine présence d'esprit, et en parfaite imitation de l'écriture de Ramachandra, le Tukkuttukki forgea cette lettre. Ensuite, il la cacheta, la noua dans sa série de mouchoirs, et prenant le tout sous son bras, retourna auprès de la princesse avant la moitié du jour.

---

7   100 000 roupies.

IV

Il arriva riant, lui disant combien de fois le fils du ministre avait baisé sa lettre de questions, et avec quelle allégresse il l'avait lue et relue.

Ceci rendit la princesse impatiente de lire la réponse. Mais le Tukkuttukki ne voulut point la remettre tout de suite, lui disant combien il était peu charitable à elle et au fils du ministre de le suspecter à ce point :

« Car Ramachandra, dit-il, lui aussi m'a recommandé une demi-douzaine de fois d'être prudent en portant la réponse ! »

À la fin, il dénoua tout son écheveau de nœuds, et donna la lettre à l'impatiente princesse.

La princesse lut la lettre et dansa de joie. Elle la baisa plus de cent fois, et, allant à sa chambre, appela auprès d'elle le Tukkuttukki, et lui demanda de jurer de ne pas dire un mot des lettres à personne.

Elle empaqueta ensuite en petites parties le lakh de roupies que demandait Ramachandra, et ordonna à Krichna Singh de les emporter une par une à son amant. Comme le Tukkuttukki faisait ceci pour lui-même, il y mit toute diligence. Il avait été longtemps le client d'une vieille femme de Dharapoura qui tenait une confiserie ; il se procura une chambre chez elle pour y mettre l'argent.

Quand il eut enfermé là tout son trésor, il ôta son costume, se vêtit en Arabe, et alla par toutes les étables de la ville à la recherche de rapides et forts chevaux. Après de grandes difficultés, il se procura deux très beaux asvaratnas[8], qui pouvaient galoper à la vitesse de deux kôs par ghatika[9] pendant une semaine entière sans prendre ni nourriture ni boisson.

De tels chevaux ne peuvent s'acquérir en tous temps, et ce fut par une bonne fortune que le Tukkuttukki les rencontra.

Il les paya cinquante mille roupies, et loua deux serviteurs pour en prendre soin. Il dépensa aussi environ vingt-cinq mille roupies en selles et en ornements. Il paya aussi quelque chose pour les pariahs[10] ; et les vingt-cinq mille roupies qui restaient, il les dépensa en achetant une échelle de corde et une précieuse sorte de scie.

Après l'achat de toutes ces choses, il écrivit la lettre suivante à la princesse :

« Chère femme,

« J'admire réellement notre Tukkuttukki. Quoiqu'il soit le plus stupide des hommes, il a pourtant réussi à me faire tenir le lakh de roupies que vous m'avez envoyé. J'ai acquis deux des plus beaux chevaux imaginables, qui peuvent galoper jour et nuit à raison de deux kôs par ghatika. Je vous envoie par notre imbécile une échelle de corde et une scie. Pour la scie seulement j'ai dû payer au-delà de vingt mille roupies, car c'est une scie magique, qui jamais ne fait de bruit, même lorsqu'elle coupe du fer. Elle est faite de diamant, et peut scier le fer le plus dur en moins de deux secondes. Au cinquième soir, j'irai dans la Voie Royale de l'Orient, qui est devant la grande fenêtre du haut de votre palais. À la dixième ghatika de la nuit, quand tout le monde est profondément endormi, il faut vous lever sans bruit, scier au travers de la fenêtre et diriger l'échelle de corde vers les chevaux. Je serai là pour l'attraper. Il faut alors descendre, et nous serons en fuite sur nos chevaux en rien de temps ! Durant les cinq jours qui vont suivre, envoyez-moi autant d'argent que vous le pourrez pour nos dépenses. Je pourrai aussi, sans que mon père le sache, apporter quelque chose.

---

8   Chevaux précieux.
9   À peu près 12 milles à l'heure.
10   Pariahs : basse classe de serviteurs servant de grooms.

« Votre tendre époux,

« RAMACHANDRA. »

Le Tukkuttukki ferma la lettre, la cacheta et la lia selon sa manière accoutumée. Dans un autre linge, il enferma la scie et l'échelle, et retourna vers Chandramoukhi avec le tout.

Aussitôt qu'il approcha de la princesse, il se mit à sourire avec affectation, ce dont elle s'aperçut tandis qu'il était encore loin et ce dont elle le gronda.

« Je ne puis m'en empêcher, dit-il, les chevaux sont si magnifiques !

— Quels chevaux ? demanda la princesse.

— Quoi ! notre maître a acheté deux des plus beaux chevaux qu'il y ait dans le monde ! J'ai vu tous les chevaux de notre empereur, et aucun ne les approche en beauté ! Je puis ne pas savoir ouvrir un livre à sa onzième page, mais vous pouvez vous fier à mon opinion en ce qui concerne les chevaux. »

Ainsi parla le Tukkuttukki, mais la princesse lui demanda de remettre immédiatement la lettre qu'il portait. Avant d'en rien faire, il plaça devant elle l'échelle de corde et la scie de diamant. Elle les mit dans son coffre, sans même les regarder, tellement impatiente d'avoir la lettre. À la fin il la lui remit.

Quelle joie fut la sienne quand elle en dévora le contenu, avec des yeux tout élargis. Les chevaux étaient prêts pour la fuite. La scie et l'échelle, grâce aux dieux, étaient saufs dans son coffre, prêts à servir ! Qu'est-ce qu'il restait à faire.

De l'argent ! Et seulement pour les dépenses du commencement ! Elle en avait immensément à sa disposition, car toute sa khasana[11] avait été emportée avec elle dans le palais.

Elle mena le Tukkuttukki jusqu'à son trésor et lui demanda de tenter d'emporter le tout à Ramachandra, ou du moins autant qu'il serait possible.

Il accepta à deux conditions. C'est qu'elle lui expliquerait :

D'abord, pour qui étaient les chevaux.

---

11 Son trésor.

Ensuite, pourquoi elle vidait ainsi son trésor et l'envoyait tout à Ramachandra.

Elle lui dit que dimanche prochain, la nuit, – car c'était là le jour fixé pour la fuite – elle, en compagnie de Ramachandra, devait aller au temple voisin de Kali, afin de se rendre la déesse favorable, et que l'argent était pour les dépenses. Et de nouveau elle lui recommanda de ne pas déclore ses lèvres pour rien au monde. Il lui promit, à la condition qu'elle lui permettrait de l'accompagner au temple !

Comme elle lui répondait négativement il se mit à se lamenter et à pleurer bruyamment. Elle tenta de le consoler de toute manière, et promit de lui apporter à son retour de rares et doux prasadas[12]. Il nomma alors cent sortes différentes de prasadas, en insistant pour qu'elle les rapportât tous avec elle à son retour.

Elle promit – riant en elle-même – d'en apporter une centaine de plus qu'il n'en avait énuméré. Il fut alors laissé à lui-même et il vida tout le trésor de la princesse, et au fur et à mesure il alla changer l'argent contre des hundis[13].

Ainsi tout fut arrangé : les chevaux pour le voyage, les dépenses pour plusieurs mois au moins dans une contrée étrangère, et ces préparatifs furent connus de la princesse Chandramoukhi tout le temps sous l'impression que son bien-aimé Ramachandra n'était pas un homme vulgaire pour montrer si vite que l'empereur ne pouvait garder sa fille.

Mais, hélas ! pour le pauvre Ramachandra ! Que savait-il de ces choses secrètement ourdies dans Dharapoura, en son nom ? Depuis qu'il avait appris de son père, le ministre, le mystère du palais, il avait craint pour sa vie, et s'était enfermé dans ses appartements ! Hélas ! aussi pour le pauvre Ekachakradhipati ! Quelles notions avait-il sur les intrigues ourdies dans le palais même qu'il avait fait élever pour sa chère fille ?

Les jours passèrent, chaque moment paraissant un an à la

---

12 Reliefs d'une offrande à un dieu ou à une déesse. C'est toujours une espèce de gâteau composé de riz et d'autres aliments

13 Chèques tirés sur le correspondant d'un négociant d'une autre ville.

princesse. À la fin le dimanche arriva, et la princesse, dans le désir de prendre ses ornements, ses bijoux et ses vêtements les plus précieux avec elle, et n'aimant pas que le Tukkuttukki demeurât au palais pendant qu'elle se préparerait à descendre l'échelle de corde, lui demanda d'aller auprès de Ramachandra porter une lettre. Dans cette lettre elle priait son fiancé d'occuper Krichna Singh afin qu'il ne la surveillât point pendant les préparatifs.

Avec grande joie le Tukkuttukki reçut la missive, quoiqu'il prétendit être très âpre à demeurer et à regarder les préparatifs de Chandramoukhi pour le pèlerinage au temple de Kali.

Il la fit jurer maintes fois de ne pas oublier les cent prasadas, et partit, remerciant toutes ses étoiles. Car quelle eût pu être la fin de tout son travail si la princesse ne l'avait envoyé dehors ?

Ainsi songeait le Tukkuttukki tandis qu'il descendait, remerciant les dieux familiers pour sa bonne chance. La première chose qu'il fit en arrivant en bas, ce fut de déchirer la lettre en pièces ; et puis il passa toute la journée à préparer les chevaux pour un long voyage, et à mettre les hundis (chèques) en sécurité dans les selles.

Aussitôt que vint le soir, il donna congé aux deux serviteurs paraiyas en leur faisant un présent, et lui-même, se déguisant en domestique, apporta les chevaux à l'opposite de la glande croisée du palais dans la Voie Royale de l'Orient, et là il les attacha à un arbre.

Dans l'entre-temps la princesse, impatiente, avait compté chaque minute. Dès que vint le crépuscule, elle aperçut les chevaux avec un serviteur paraiya, et quoiqu'ils fussent à une assez grande distance, elle n'hésita pas à conclure que c'étaient les chevaux les plus beaux et les plus rapides qu'elle eût encore vus. Le Tukkuttukki, ayant à présent la certitude de partir avec la princesse, prit du repos jusqu'à la dixième ghatika, et il dormit d'autant mieux qu'il avait mal reposé toute la semaine dans l'agitation des préparatifs.

Or l'empereur de Dharapoura avait, pour quelque sévérité, encouru la colère d'un chef de brigands qui se résolut à le punir vigoureusement. Le jour fixé pour sa vengeance coïncida avec celui de l'enlèvement de Chandramoukhi.

La ville devait être livrée au pillage, et soixante-quatre chefs subalternes avaient été envoyés pour saccager chacun des soixante-quatre quartiers de Dharapoura.

Chacun de ces chefs avait une troupe de bandits sous lui, et les ordres furent que jusqu'aux salières seraient enlevées des maisons.

Un de ces chefs vint par la Voie Royale de l'Orient où il vit les deux splendides chevaux et le guide dormant sous un arbre. Il pensa qu'ils devaient être là à attendre deux seigneurs, lesquels devaient être fort riches pour posséder de tels animaux. Aussi dit-il à l'un de ses hommes de se tenir près de là et de surveiller les événements. Il lui dit encore de dépouiller les seigneurs et de rapporter les chevaux avec tout le butin amassé.

Et le voleur s'assit à côté des chevaux, et il attendit que les seigneurs arrivassent, pendant que le Tukkuttukki ronflait paisiblement dans la nuit.

Le temps convenu approcha. La princesse avait tout préparé pour le voyage, et avait empaqueté tous ses bijoux et ses vêtements dans un petit coffre.

À la dixième ghatika de la nuit, elle se leva et découvrit à sa grande joie que tout le monde dormait profondément dans le palais.

Croyant que ses dieux familiers étaient favorables à sa fuite avec Ramachandra, et obéissant aux prétendues instructions du jeune homme, elle scia les barreaux de la croisée en deux secondes, attacha et jeta l'échelle de corde.

Par bonheur pour elle et pour le ronflant Tukkuttukki, l'échelle se prit dans une forte branche de l'arbre.

Elle la tira, et trouvant qu'elle tenait ferme, elle se persuada que son Ramachandra l'avait vigoureusement saisie. Elle commença de descendre. Les joyaux étincelants de ses oreilles, qui palpitaient comme des flammes dans la paix nocturne, et la hauteur dont elle descendait, ce fut plus qu'il n'en fallait pour remplir d'épouvante l'âme du bandit.

Il pensa que nulle créature humaine n'oserait tenter une chose aussi audacieuse à cette heure de la nuit, et d'imaginer une femme descendant par les airs à un pareil moment était pour lui au-delà du possible. À mesure qu'il regardait descendre la princesse, ses craintes croissaient davantage et il était quasi fou au moment où elle approcha de lui. La prenant pour un démon venu pour le saisir, il détacha prestement le cheval auprès duquel il était assis et l'enfourchant il détala vers le sud.

Quand la princesse eut presque atteint le sol, elle vit partir un des chevaux et pensa que c'était Ramachandra qui prenait l'avance.

« Peut-être Ramachandra a-t-il cru que je prononcerais quelques paroles en le voyant et donnerais ainsi l'alarme. Voilà sans doute la raison pour laquelle il prend les devants. »

Elle réfléchissait ainsi lorsqu'elle atteignit l'arbre ; arrivée là, elle supposa que Ramachandra avait intentionnellement laissé l'échelle dans l'arbre afin de pouvoir s'en aller, elle mit pied à terre, délia l'autre cheval en hâte, et suivit le faux Ramachandra.

Cependant Sellam, la servante principale, se leva, et, trouvant les barreaux de la fenêtre sciés, fut très alarmée ; mais comme elle possédait une grande présence d'esprit, elle chercha partout la princesse sans faire de tapage.

Elle ne put la trouver nulle part. Les barreaux sciés et l'échelle de corde déroulée dans le vide, montraient clairement ce qui s'était passé. Sellam, réfléchissant qu'elle serait, en sa qualité de servante principale, la première victime de la colère de l'empereur, résolut d'échapper au danger et de joindre la princesse si possible. Elle descendit par l'échelle de cordes, la scie à la main, remit tant bien qu'elle put la fenêtre en état afin de prévenir tout soupçon, du moins pour cette nuit-là, et, lorsqu'elle atteignit l'arbre, détruisit l'échelle de corde que, dans sa précipitation, la princesse avait laissé derrière elle et qui l'aurait trahie. Puis elle se mit à courir sur la piste des chevaux.

Après que Sellam se fut mise à la poursuite des chevaux, le Tukkuttukki s'éveilla ; mais, avec son habileté coutumière, au lieu de perdre courage, dès qu'il eut reconnu la marche des événements, il fut au contraire enchanté !

« Le ciel soit béni ! s'écria-t-il. Paramesvara me dispensa ce bon sommeil ! De manière ou d'autre, les chevaux sont partis, et j'ai rêvé que j'entendais ici des pas de femme. Certainement la princesse ne doit pas être loin. Si j'avais été éveillé, je me serais trouvé dans une terrible position ! Je n'aurais eu d'autre ressource que de faire la nette confession de toutes mes ruses. Peut-être m'eût-elle tué dans sa colère ! Peut-être fût-elle retournée au palais par l'échelle et se fût-elle efforcée de tout cacher. Mais, grâce à Paramesvara, j'étais dans un profond sommeil, et ainsi délivré d'un grand ennui. Je veux découvrir la princesse, lui dire que je l'ai suivie jusqu'à son lieu de pèlerinage et lui demander des prasadas. Je jouerai encore une fois le niais. »

Cette idée bien fixée dans sa tête, le Tukkuttukki trotta en grande hâte pour rattraper les chevaux. La distance entre le cheval du voleur et celui de la princesse était d'une ghatika ; celle qui séparait la princesse de Sellam était aussi d'une ghatika, celle qui séparait Sellam du Tukkuttukki était encore d'une ghatika. Ils coururent ainsi toute la nuit.

Le crépuscule du matin approcha, et les oiseaux commencèrent à chanter, annonçant le jour. Nos coureurs se trouvaient au milieu d'une jungle épaisse. Si grande était son anxiété d'entrevoir enfin son bien-aimé Ramachandra, que la princesse, dans les grisailles de l'aube regarda attentivement le cavalier qui la précédait, et à sa grande surprise, à sa confusion, elle reconnut en lui, au lieu de son amant, un kalla[14] d'affreuse apparence. Elle éperonna son cheval, s'approcha du cavalier et vit qu'il était sans aucun doute un kalla ! Elle dégaina son sabre, étendit d'un seul coup le voleur sur le sol et s'empara du cheval !

« Hélas, gémit-elle, ai-je été mise en ce monde pour souffrir tant de calamités ? Par quelle méprise au lieu de Ramachandra un noir kalla a-t-il couru toute la nuit devant moi ? Peut-être ce voleur a-t-il tué Ramachandra et dérobé son cheval ? Je suis maintenant en pleine

---

14 « Kalla. » Classe de voleurs dans l'Inde méridionale.

forêt sans secours ! Je ne sais ce qu'il adviendra de moi ! Je veux me coucher ici et dormir ! »

Elle s'assit, pleurante, vaincue par le chagrin ; mais il ne se passa guère longtemps qu'elle aperçut dans la distance Sellam.

Quelle ne fut pas sa joie ! Les deux femmes volèrent dans les bras l'une de l'autre, et la princesse raconta à Sellam toute son aventure. Pendant qu'elles causaient ainsi, elles virent le Tukkuttukki accourant vers elles avec précipitation, et la première question qu'il fit à la princesse concerna la promesse faite par elle de lui donner des prasadas avant peu.

Sellam fut la première à consoler la princesse. Elle l'engagea à ne pas perdre courage, et elles convinrent que la meilleure conduite à tenir était de joindre quelque ville inconnue et de vivre là incognito, jusqu'à de meilleurs jours. Elles montèrent donc à cheval et prièrent le Tukkuttukki de courir devant elles. Mais comment les affaires marchaient-elles à Dharapoura ? Au point du jour les servantes s'étaient grandement alarmées de la disparition de la princesse, de Sellam et du Tukkuttukki et en avaient averti le vieux roi. Il fut extrêmement vexé, mais il ordonna aux servantes de garder la chose absolument secrète et de vivre dans le palais comme si la princesse était présente parmi elles. Il promit de faire des recherches sous cape afin de retrouver la princesse perdue, il envoya des espions dans plusieurs directions, et s'enquit de Ramachandra qu'il apprit être sain et sauf chez lui. Le fait que le Tukkuttukki et Sellam avaient disparu en même temps que la princesse donna de l'espoir au vieux roi quant à la sûreté de celle-ci. Les servantes retournèrent donc au palais et accomplirent leurs tâches comme si la princesse vivait au milieu d'elles ; même des approvisionnements leur furent régulièrement envoyés comme s'ils étaient destinés à la princesse.

Cependant, le Tukkuttukki pensait que, vraiment, la mauvaise chance ne l'abandonnait jamais, car, tandis que Sellam chevauchait à côté de la princesse, lui se voyait obligé de courir devant elles comme un chien !

Néanmoins il ne perdit point courage, et tous trois continuèrent à voyager de cette façon jusqu'au milieu du jour, mais alors la princesse et Sellam se sentirent très fatiguées. Elles avaient aussi grand-soif, et prièrent le Tukkuttukki de leur trouver un peu d'eau à boire. Il les invita à s'asseoir à l'ombre fraîche d'un grand arbre et s'éloigna pour découvrir de l'eau. Il en chercha partout. Enfin, à une distance d'environ six ou sept ghatikas vers l'ouest, du moins à ce qu'il jugea, il vit un reflet rouge. Il marcha vers ce reflet, et bientôt apparut un grand lac. Horreur ! L'eau du lac semblait du sang, car elle était très rouge. Pourtant, il en puisa dans le creux de sa main et voilà que lorsqu'il la porta à sa bouche elle devint claire comme du cristal. Il en conclut qu'il devait y avoir près du lac une chose qui lui donnait sa couleur rouge, et il se mit à explorer la rive.

À l'extrême nord il trouva un rubis aussi gros que le pouce d'un homme et aussi brillant que du feu ; il le ramassa et, après l'avoir roulé dans maintes enveloppes, il le serra soigneusement dans sa ceinture, sous ses vêtements. Puis il recueillit de l'eau dans une demi-douzaine de feuilles de sembu et retourna auprès des dames qui burent, reposèrent encore un peu, et, vers la vingtième ghatika, poursuivirent leur voyage.

Si loin, le Tukkuttukki ignorait les contrées qu'il traversait, et, au matin suivant, la petite troupe se trouva toujours en pleine jungle sans que rien put indiquer où ils allaient. Mais vers la vingt-cinquième ghatika, le soir, ils émergèrent de la jungle et gagnèrent une route. S'étant informé, le Tukkuttukki apprit à sa grande joie qu'elle conduisait à Pouchpapoura.

Cette nouvelle redoubla sa vigueur ; il résolut, si possible, d'atteindre Pouchpapoura avant la nuit, et réussit en effet, à gagner le voisinage de la ville avant qu'il fît noir. Alors il pria la princesse et Sellam de descendre dans une châtram[15] avec les chevaux, entra seul dans la ville, loua une maison spacieuse et commode, haute de trois étages, et revint prendre ses deux compagnes.

Les deux femmes, fort reconnaissantes pour l'aide que le Tukkuttukki leur apportait dans la peine, le chargèrent encore de

____

15 auberge

quérir ce qu'il pourrait trouver de vivres pour la nuit. Il se rendit au principal temple de la ville, et rapporta assez de nourriture pour leurs besoins. Après avoir mangé fort peu, la princesse et sa compagne, épuisées du voyage, se retirèrent pour dormir. Cependant le Tukkuttukki ne prit pas de repos. Il installa les chevaux dans les chambres du rez-de-chaussée dont il garda la plus grande pour lui-même ; là il mit en sécurité les hundis et les autres monnaies qu'il avait si soigneusement cachés dans la selle des chevaux à Dharapoura, et, quoiqu'il fut très tard, il se rendit au bazar où il acheta toutes choses nécessaires pour mener une vie confortable à Pouchpapoura, sauf du riz, qu'il négligea volontairement. Ensuite il se livra au repos à peu près vers le milieu de la nuit.

Tous se levèrent de bonne heure le lendemain matin, car « les légers repas procurent de légers sommeils ».

Les dames trouvèrent les provisions et la vaisselle prêtes, et le Tukkuttukki leur raconta qu'il s'était arrangé pour apporter le tout durant la nuit, parce que, les voyant si fatiguées de leur voyage, il avait pensé qu'elles en auraient un pressant besoin au matin.

Elles furent bien surprises par ce qu'elles crurent être l'aube de l'intelligence chez le Tukkuttukki, mais leur surprise se changea vite en amusement, lorsque, réclamant du riz, elles surent qu'il avait omis d'en acheter !

Alors elles se moquèrent de lui pour sa sottise d'avoir oublié la chose la plus importante de toutes !

Après cela la princesse demanda au Tukkuttukki de se charger des gros travaux du ménage, tirer l'eau du puits, laver les vêtements, apporter du bazar les provisions nécessaires et rendre tous autres services intérieurs ou subalternes, tandis qu'elle priait Sellam de faire la cuisine.

V

De cette façon ils vécurent à Pouchpapoura comme des gens ordinaires, sans attirer l'attention, les dames n'abandonnant jamais leur troisième étage, retournant à leur ancienne existence du gosha[16], et s'ingéniant à vivre commodément avec l'aide du Tukkuttukki.

Cependant le Tukkuttukki s'accoutuma de finir tout son ouvrage en peu d'heures, et après avoir pris ses repas avec les dames, il sortait et s'amusait à errer deci delà. Il acheta une autre couple de très beaux chevaux et une belle voiture, il engagea quatre grooms, et il affecta tout le rez-de-chaussée à des écuries. Il se commanda aussi de beaux vêtements et il voulut les avoir à la meilleure mode du jour. Tout cela était fait après midi, car avant cette heure, il devait tirer de l'eau et exécuter d'autres grossières besognes. Les dames ne savaient rien de ce qu'il faisait, le Tukkuttukki ayant l'habitude de les quitter dans ses sales vêtements de travail et de revenir de même, mais il dépensait ses heures de loisir en ville, la parcourant en tous sens dans sa voiture à quatre chevaux, vêtu comme un prince et même mieux.

Ainsi s'écoulèrent maints jours, jusqu'à ce qu'enfin le Tukkuttukki résolut d'aller visiter le roi de Pouchpapoura. Mais, pour visiter un prince, des mains vides sont toujours jugées à crime, aussi emporta-t-il comme présent le rubis ramassé près du lac rouge. Il se dirigea vers le palais. Son riche costume, la beauté de sa personne, la voiture à quatre chevaux, tout enfin lui donnait l'apparence d'un roi ou d'un prince ; aussi le roi de Pouchpapoura ne trouva-t-il rien de

---

16 Vie cloîtrée dans la maison.

singulier à cette visite, et le traita-t-il comme un égal en faisant quelques pas à sa rencontre, et en l'accueillant d'une salutation royale.

Le Tukkuttukki s'informa de sa santé et lui tendit son présent, qui acheva de confirmer l'opinion du roi sur la position sociale de son visiteur. Il fut vraiment charmé de recevoir un si précieux cadeau, et raconta au Tukkuttukki qu'il avait déjà un joyau de ce genre et qu'ayant longtemps cherché à en trouver un autre comparable à celui-là, il était, par conséquent, très enchanté qu'on lui en offrît un. Alors le Tukkuttukki insulta le roi, ou du moins parut l'insulter, en disant que sa pierre précieuse à lui était une pierre précieuse de la plus belle eau, et qu'aucune autre pierre précieuse du monde ne pouvait en approcher en beauté ou en valeur ! Le roi entra en colère à cette vanterie, et vanta de même sa pierre précieuse.

De commun accord ils engagèrent un pari pour savoir quelle était la plus belle pierre. L'enjeu du roi était son royaume au cas où sa pierre précieuse serait déclarée inférieure, tandis que le Tukkuttukki s'engageait, s'il perdait, à servir le roi pendant vingt-huit ans.

Les deux pierres furent alors soumises à toutes les épreuves possibles. Les meilleurs experts et les marchands furent appelés, et tous opinèrent que la pierre du Tukkuttukki était infiniment supérieure à celle du roi ! Le roi, là-dessus, fidèle à sa parole, dit au Tukkuttukki de prendre possession de son royaume.

Mais notre héros n'était pas homme à se laisser aveugler par la fortune, car il était pourvu d'une bonne dose de prévoyance. Il pensa qu'il n'agirait pas judicieusement en prenant publiquement sur lui les fonctions de roi, et il dit au roi qu'il serait satisfait d'être son ministre ; c'est-à-dire que, le roi étant déjà âgé, il accepterait de remplir les charges royales au nom du roi.

Le Tukkuttukki expédierait toutes les affaires royales, mais le roi signerait les papiers et semblerait diriger l'État.

Il accepta d'agir ainsi durant la vie du vieux roi auquel il succéderait. Qu'est-ce que le vieux roi pouvait désirer de mieux ? Il remercia le jeune homme et le nomma dès lors le JEUNE ROI. Il l'interrogea sur sa famille, et le nouveau jeune roi, Krichna Singh, répondit qu'il était de famille royale, mais il ne voulut pas en dire davantage, suppliant le vieux roi de l'excuser, et disant que tout serait révélé au moment convenable.

Le vieux roi fut ravi de Krichna Singh et souhaita d'être soulagé tout d'un coup des charges de l'État ; suivant ses désirs, le roi Krichna Singh prit immédiatement la direction du royaume de Pouchpapoura.

Ainsi, tout soudain, par le caprice de la fortune, le Tukkuttukki se transforma en roi et fut désormais le roi Krichna Singh.

Le soir, les affaires de la cour terminées, le roi Krichna Singh partit pour se rendre à sa maison en ville, accompagné par les troupes du palais, chevaux, éléphants, enfin tout l'appareil royal d'usage, mais il défendit à quiconque de le suivre sous peine de mort.

« Ces choses-là, dit-il, sont imaginées pour d'orgueilleux rois à tête vide et non pour des hommes comme moi. »

Tout ce qu'il désirait était de rentrer chez lui sans pompe comme un homme ordinaire.

Ainsi il regagna sa maison avant la cinquième ghatika et remplit ses devoirs de subalterne !

Pendant la nuit et après son lever vers la dixième ghatika du matin, il reprit l'habitude d'agir en domestique de la princesse et de Sellam, mais après son dîner, il descendait, s'habillait comme un roi et roulait vers la Cour où il gouvernait le royaume jusqu'à la deuxième ghatika du soir. Telle fut sa conduite pendant de longs mois.

Krichna Singh avait étudié le Rajaniti[17], si bien qu'il gouverna comme Brihaspati[18], se montrant juste envers tout le monde. Le peuple fut ravi de l'équité et de l'impartialité de son jeune roi, et le vieux roi, qui n'avait pas de fils, remercia les dieux de lui avoir

______

17 Livre populaire de politique hindoue.
18 Le ministre d'Indra, le législateur des cieux.

envoyé quelqu'un d'aussi intelligent et d'aussi capable pour tenir le sceptre après lui. Il le traita avec beaucoup de bonté, prit en haute considération ses mérites, et n'osa pas lui demander de révéler ses origines.

VI

Personne ne savait d'où il venait le matin, ni où il se rendait le soir, et quoiqu'il assistât aux audiences de la Cour très ponctuellement et accomplit ses devoirs de prince à la satisfaction générale, envers tous, depuis les plus grands jusqu'aux plus petits, cependant les ministres de l'empire trouvèrent très désagréable de ne rien connaître de lui. Ils complotèrent entre eux d'aller dans la rue orientale sous un déguisement et de suivre la voiture du jeune roi tous les soirs.

Après quelque temps, l'un d'entre eux découvrit ainsi la maison de Krichna Singh, et cela advint justement un jour que la princesse prenait un bain d'huile à son troisième étage. Ses cheveux étaient si longs qu'ils retombaient par la croisée jusqu'au deuxième étage, et que Sellam devait en oindre les boucles une par une. Le ministre remarqua cela, et suivant l'opinion courante que la beauté et la longueur des cheveux vont toujours ensemble, il conclut que la femme qui se baignait à l'intérieur devait être une beauté idéale comme elle l'était véritablement.

« Qui cette beauté pourrait-elle être si ce n'est la femme de notre jeune roi vénéré ? pensa-t-il. Nous serions purifiés rien que d'entrevoir sa sainte présence ! »

Sur ces idées il retourna auprès de ses collègues et les informa de l'endroit où résidait leur jeune prince. Leur exposant ensuite ce qu'il avait remarqué, il leur déclara que la vue leur serait inutile aussi longtemps que la Reine – la femme de leur jeune roi – leur resterait inconnue.

Alors tous les ministres allèrent trouver le vieux roi et excitèrent sa curiosité, tellement que lui-même se jugea bien sot de n'avoir pas mieux fait la connaissance du jeune roi.

Il désira manœuvrer de manière à en savoir davantage sur son compte sans porter atteinte à ses sentiments, car il l'avait trouvé très obstiné dans une ou deux occasions où il l'avait questionné sur sa patrie et ses origines. Alors les ministres proposèrent de simuler un édit à l'effet d'établir que c'était la coutume de donner dans le grand temple de Kali à Pouchpapoura, une fête appelée « Fête du Balancement », d'insérer l'édit dans les archives, et d'expliquer au jeune roi que cette fête n'avait pas été donnée pendant les quelques années précédentes pour certaines raisons, mais que, comme on entrait maintenant dans une nouvelle période, il fallait que la fête eût lieu ainsi qu'autrefois.

Le document dirait que, durant la fête, la règle pour tout homme, haut ou bas placé, du roi au mendiant, était de s'installer avec sa femme sur une balançoire établie dans le grand bosquet à l'opposite du temple de Kali, pour y être bercés.

En conséquence le document fut fabriqué sous le sceau du vieux roi et inséré dans les archives. L'époque assignée pour la fête fut fixée à un mois plus tard. Le jeune roi ignorait le complot, mais il savait qu'aucune fête de ce genre n'était de mode dans Pouchpapoura, car il avait soigneusement étudié toutes les archives. Aussi, lorsque les ministres lui parlèrent soudain de la « Fête du Balancement » et le prièrent de donner les ordres nécessaires pour la préparer, il pensa que ce devait être un tour qu'on lui jouait.

Se pourrait-il que les ministres aient, après bien des difficultés, découvert ma demeure et y aient aperçu la princesse ? songea-t-il. Se pourrait-il que, la prenant pour ma femme, ils aient inventé cette fête spécialement pour la voir ? N'importe ! Satisfaisons-les et établissons ainsi nos prétentions comme époux de Chandramoukhi ! »

Avec ces idées dans la tête, il pria qu'on voulût bien excuser son inadvertance et donna immédiatement les ordres nécessaires pour que tout se préparât.

Entre temps, le roi Krichna Singh continua de mener sa vie habituelle jusqu'au jour indiqué pour la fête.

Il y avait, à présent, presque une année que la princesse avait quitté Dharapoura, et tout le temps elle avait vécu comme une personne privée, ne voyant quiconque sauf Sellam et le Tukkuttukki.

« Hélas ! Quelle femme cruelle je suis ! pensait-elle. Enfant unique de mes parents, je les ai abandonnés à leur sort en m'enfuyant ici. Auprès d'eux je vivais dans les honneurs : ici je ne suis qu'une femme ordinaire. J'aurais pu devenir la reine d'un vaste royaume si j'étais restée avec mon père ; maintenant je me sens honteuse de dire qui je suis ! Voilà près d'un an que je m'exilai, et des centaines de princes, en ce temps, m'eussent fait la cour si j'avais été à Dharapoura ; mais à présent je n'ai pas même un simple prince pour rechercher ma main. Sellam me conseille d'épouser le Tukkuttukki. Hélas ! le pauvre homme ! Comment pourrai-je l'épouser, alors qu'il ne sait même pas que deux et deux font quatre. Je souhaite que mon père se mette à ma recherche ! »

Il était proche de midi quand elle tomba dans cette rêverie et le brûlant soleil, joint à l'inquiétude de son esprit, produisirent une sorte de migraine où elle s'assoupissait, lorsqu'elle fut brusquement réveillée par une bruyante exclamation de Sellam disant que l'empereur son père avait fini par retrouver leurs traces !

« J'ai justement songé à cela pendant cette dernière demi-ghatika, fit la princesse. Le rêve est-il devenu une réalité ? Je l'ai désiré, mais je crains encore beaucoup la colère de mon père ! »

Et la princesse, se tordant les mains, supplia Sellam de lui dire ce qu'elle en pensait.

« Cela demande-t-il une explication ? s'écria Sellam. N'entendez-vous pas le son des tambours et des instruments annonçant un cortège royal ? Pourquoi entendrions-nous de pareils sons dans cette rue et seulement en ce jour-ci ? Nous avons vécu ici pendant près d'un an et nous n'avons jamais entendu rien de pareil. Voilà ce qui me fait supposer que notre empereur nous cherche. »

Sellam finissait à peine de parler que la procession royale s'arrêtait à leur propre porte. Leur terreur fut immense et la princesse changea de couleur. Elle demanda à Sellam de descendre et de s'enquérir qui donc s'arrêtait devant leur demeure.

Sellam descendit, et quelle ne fut pas sa surprise en reconnaissant le Tukkuttukki.

« Mes yeux me trompent-ils ? cria-t-elle. Il était ici, voilà deux ghatikas, lavant la vaisselle et les ustensiles, et maintenant il arrive, vêtu comme un roi magnifique. Mes yeux voient-ils encore clairement, ou mes sens sont-ils abolis ? »

Mais elle ne pouvait nier que la personne assise près du seuil était le Tukkuttukki. Elle courut rapporter à la princesse que le roi qui s'arrêtait devant leur porte était le Porteur de Sachet. La magnificence dont il était entouré et les honneurs qu'on lui rendait induisirent d'une mystérieuse crainte l'âme de la princesse, et, abandonnant son gosha pour le moment, elle descendit vite pour rencontrer Krichna Singh juste comme il montait.

Ils se saluèrent, et elle, qui jusqu'alors lui donnait ses commandements, découvrit dans sa contenance une inexprimable majesté qui la fit prête d'obéir aux ordres du jeune homme. Il la couvrit de bijoux par toute sa personne. Elle, recevant avec joie l'hommage dont il l'honorait, lui demanda de conter par quelle fortune il était devenu un roi.

« Chaque chose, répliqua-t-il avec gravité, sera révélée en son temps. Il nous faut d'abord aller au temple de Kali pour la grande fête balançante. »

Elle ne put qu'obéir.

Cependant, tandis qu'ils s'entretenaient, une voix s'entendit :

« Mon cher jeune roi, pourquoi êtes-vous si tardif ? »

C'était le vieux roi qui appelait Krichna Singh.

Quelles pensées s'assemblèrent dans l'esprit de la princesse ? Quoi ! ce Tukkuttukki qui, trois ou quatre ghatikas passées, lavait d'humbles ustensiles, le voici devenu roi, le voici appelé affectueusement par le vieux roi ! Prodige des prodiges ! Comme elle était impatiente d'interroger ! Mais elle n'en avait pas le temps.

Tous partirent pour aller au temple de Kali.

Comme les préparatifs de la fête avaient été uniquement faits pour montrer la princesse aux grands et à la multitude, les ministres et les autres purent contempler parfaitement Chandramoukhi – maintenant leur jeune reine – car elle se balança longtemps assise côte à côte avec le roi Krichna Singh dans la balançoire.

Le vieux roi passa un très précieux hara, guirlande de perles, autour du col de son nouveau roi. Mais lui, qui avait eu naguère la force et la patience de courir tout un jour à la tête de chevaux impétueux, il trouva la guirlande trop lourde et la suspendit aux branches d'un arbre, auprès de la balançoire.

VII

La fête dura fort longtemps et les assistants ne s'en retournèrent pas avant la deuxième ghatika de la nuit. Tout au long de la route le roi Krichna Singh fut loué comme le plus noble et le plus intelligent des rois.

Par intervalles un suppliant s'avançait et disait :

« Miséricordieux et gracieux roi, j'ai attendu durant deux semaines entières. Qu'il te plaise de me renvoyer promptement. »

La princesse ne pouvait comprendre ces merveilles :

« Comment se peut-il que lui, qui ignorait comment ouvrir un livre à la onzième page, soit maintenant devenu un roi ? » se répétait-elle.

Puis, elle se disait :

« Attendons ! Attendons ! C'est la hâte qui me priva de mon père ! »

Enfin, lorsqu'ils arrivèrent à la maison, la princesse redemanda au roi Krichna Singh de lui relater son histoire. Il dit qu'il ôterait d'abord son angarkha avant de lui faire confidence de ses actes. Mais tandis qu'il ôtait le vêtement, il s'aperçut avec beaucoup d'ennui qu'il avait oublié le hara de perles dont le vieux roi lui avait fait don.

Sa face pâlit et rougit alternativement et sa femme lui en demanda la cause :

« J'ai oublié la guirlande du vieux roi ! » s'exclama-t-il.

Et il voulut en toute hâte partir à la recherche du hara.

Mais la princesse, lui prenant le bras, dit :

« Mon cher mari, ne sais-tu plus que je suis la fille d'un

empereur ? Je puis t'avoir des centaines de guirlandes semblables ! Ne te trouble pas davantage pour cette négligence. Reste paisiblement auprès de moi. »

Krichna Singh lui répliqua qu'elle parlait ainsi par jeunesse et inexpérience :

« Il serait coupable à moi de négliger un présent, fût-ce un Kaudi[19]. D'ailleurs je serai de retour dans quelques minutes.

— Mais, proposa la princesse, envoie un serviteur.

— Non ! reprit le roi, car si je fais ainsi, ma négligence pourrait être rapportée au vieux roi et lui causer de la peine. »

Et il partit rapidement, et atteignit bientôt l'allée du Temple de Kali. La nuit était profonde, un silence mortel s'étendait sur le monde. Cherchant à tâtons son chemin, Krichna Singh atteignit l'arbre où il avait suspendu le hara. Il étendit la main droite pour l'atteindre.

Alors, oh ! épouvante, un grand serpent noir détendit ses anneaux. Sa tête vorace s'avança, et mordit cruellement le jeune roi : Krichna Singh tomba insensible.

Hélas ! pauvre Krichna Singh ! Voilà ta jeune épouse abandonnée et à qui tu n'as pas même encore parlé en époux. Voilà le pauvre vieux roi entièrement dépendant de toi ! Tu n'as pas même eu le temps de revoir ton père Tan Singh ! Et le pauvre vieil empereur, quelle douleur serait la sienne s'il pouvait apprendre ce qui t'arrive. Ainsi, quittant de si nombreux êtres qui t'aiment au moment de cueillir les fruits de ton labeur, te voilà peut-être mort, pauvre Krichna Singh ? Mort, mais pour l'instant seulement !

Entre le garbhagriha[20] du temple de Kali et la chambre intime du palais de la princesse de Pouchpapoura existait un passage souterrain, à travers lequel la princesse passait chaque jour vers le milieu de la nuit pour adorer la déesse et obtenir sa grâce.

Elle vint ce jour-là, comme d'habitude, et elle adora la déesse. Lorsque ses prières furent terminées, elle supplia Kali de lui accorder un magnanime et noble époux, et soudain une voix retentit dans la

---

19 Un Kaudi est la seizième partie d'un pâté.

20 La place la plus intérieure des temples hindous, où l'idole est adorée.

nue :

« Un prince dort en ma sainte présence. C'est lui qui sera ton époux ! »

La princesse courut précipitamment, mais au lieu d'un homme endormi, elle se trouva devant un corps inerte.

Avec la foi sincère d'une femme aimante, elle commença de pleurer et de se lamenter, lorsqu'une autre voix fut entendue :

« Mon enfant ! ceci n'est qu'une épreuve que j'ai voulu te faire subir. Maintenant que tu as victorieusement prouvé ta foi, reviens en ma sainte présence, puis, avec une pincée des cendres sacrées, retourne vers lui, ton époux, répands les cendres sur son visage, et ordonne-lui de se lever. »

La princesse de Pouchpapoura obéit aux ordres de la déesse Amibika et, à sa grande joie, l'homme se leva.

Elle prit une de ses mains, et humblement lui demanda de l'accompagner au palais après lui avoir conté ce qui était advenu.

Pendant ce temps, la princesse de Dharapoura, inquiète de ne pas voir revenir son époux, suspecta que quelque événement néfaste avait dû arriver et, suivie de Sellam, elle courut vers le bois sacré. Lorsqu'elles arrivèrent au temple de Kali, elles trouvèrent cette autre femme qui demandait la main du jeune roi !…

Cependant, le bruit de ces événements arriva à la connaissance du vieux roi, qui fut empli d'allégresse à la pensée qu'un ordre divin avait imposé à sa fille d'épouser Krichna Singh.

Mais après avoir célébré la Fête Balançante, il ne put nier les droits d'épouse de la princesse de Dharapoura, et pour éviter toute malentente, il consentit que les deux princesses fussent mariées à Krichna Singh.

Les invitations au double mariage furent envoyées par tout le royaume et au-dehors. L'empereur de Dharapoura qui, pendant ce temps, avait fini par connaître tous ces événements merveilleux, proclama que sa volonté était de donner en mariage sa fille Chandramoukhi au roi Krichna Singh de Pouchpapoura.

Un palanquin fermé, ne contenant rien, accompagna la suite féminine de l'empereur, et dans ce palanquin la princesse

Chandramoukhi était supposée aller à Pouchpapoura. Là, les noces furent célébrées avec une infinie magnificence, car des rois portèrent les palanquins de mariage de Krichna Singh et des deux princesses.

L'empereur fut extrêmement heureux d'apprendre toutes les aventures de Krichna Singh et de le voir gagner un royaume par sa propre intelligence en même temps que l'empire qu'il tiendrait de sa femme.

Ici se termine presque cette histoire, mais un mot sur ce qu'il était advenu de Tan Singh, durant ces événements, et des babouches cachées dans le temple de Kali.

Tan Singh, ainsi que son fils l'avait si intelligemment prophétisé, devint pauvre très peu de temps après que Krichna Singh l'eut quitté, et avec sa femme et ses deux autres fils il vivait bien misérablement dans une cahute, ayant été par son imprévoyance et ses prodigalités réduit à sa condition primitive de pauvreté.

Krichna Singh avait découvert ceci aussitôt qu'il eut rejoint Pouchpapoura, mais il ne voulut pas risquer de déranger ses projets en se révélant juste en ce moment.

Mais à présent que chaque chose allait être réglée, il ordonna qu'un palanquin de fleurs fût apporté au temple de Kali, alla reprendre dans la niche les babouches dont son père l'avait battu, les plaça parmi les fleurs et fit venir le tout au palais.

Il envoya ensuite un mot à son père Tan Singh, lui faisant dire que le roi de Pouchpapoura réclamait immédiatement sa présence et celle de tous les membres de sa famille. Tan Singh ne comprit pas la signification de tels ordres, mais il obéit en tremblant.

Krichna Singh reconnut immédiatement son père, sa mère et ses frères, mais aucun d'entre eux ne reconnut Krichna Singh dans le jeune roi magnifique.

Alors, s'adressant à toute l'assemblée présente, il raconta rapidement toutes ses aventures depuis le jour où il avait été battu. Et montrant les babouches sur leur lit de fleurs :

« Par la bonne fortune des babouches de mon père, me voici époux de princesses. Il me punit pour en avoir demandé une, mais comme les chaussures font une paire, elles m'ont donné une paire d'épouses ! »

Disant cela, il se prosterna devant ses parents et ses frères. Tous pleurèrent de joie et de regret, et il les mena immédiatement dans le palais.

Le roi Krichna Singh, après tout ceci, vécut une vie longue et bienheureuse avec ses deux merveilleuses épouses, parfois séjournant à Dharapoura et parfois à Pouchpapoura.

Et l'histoire finit – rien ne devant plus être ajouté sinon que Krichna Singh eut un grand nombre de fils pour consoler la vieillesse, sans enfants mâles, de l'empereur de Dharapoura et du vieux roi de Pouchpapoura.

FIN